威利在哪裡？這本書屬於：

_____

_____

嘿！威利迷們，這五位勇敢的旅行家出現
在每一幅場景裡。你能找到他們嗎？

奧德　　白鬍子巫師　　溫達　　汪汪　　威利

在每一幅場景裡，這些旅行家還掉了
一些重要的東西，你也能找出它們嗎？

🔑 威利的鑰匙　🦴 汪汪的骨頭　📷 溫達的照相機

📜 白鬍子巫師的神祕卷軸　🔭 奧德的望遠鏡

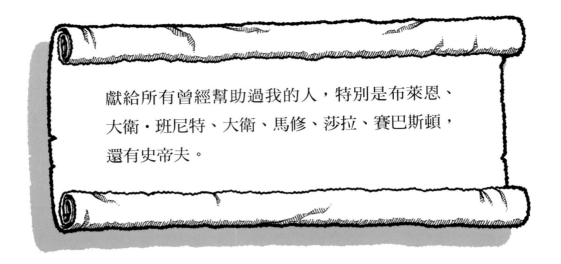

獻給所有曾經幫助過我的人，特別是布萊恩、
大衛・班尼特、大衛、馬修、莎拉、賽巴斯頓，
還有史帝夫。

威利在哪裡？
奇幻大冒險
文・圖｜馬丁・韓福特 Martin Handford
譯者｜黃筱茵
責任編輯｜熊君君　協力編輯｜吳映青
美術設計｜蕭雅慧　行銷企劃｜魏君蓉、高嘉吟

天下雜誌創辦人｜殷允芃　董事長兼執行長｜何琦瑜
媒體暨產品事業群
總經理｜游玉雪　副總經理｜林彥傑
總編輯｜林欣靜　副總監｜蔡忠琦　版權主任｜何晨瑋、黃微真

出版者｜親子天下股份有限公司
地址｜台北市 104 建國北路一段 96 號 4 樓
電話｜（02）2509-2800　傳真｜（02）2509-2462
網址｜www.parenting.com.tw
讀者服務專線｜（02）2662-0332　傳真｜（02）2662-6048
客服信箱｜parenting@cw.com.tw　週一～週五：09:00~17:30
法律顧問｜台英國際商務法律事務所・羅明通律師
總經銷｜大和圖書有限公司　電話｜（02）8990-2588

出版日期｜2014 年 10 月第一版第一次印行
　　　　　2024 年 7 月第二版第十次印行
定價｜350 元　書號｜BKKTA032P
ISBN｜978-986-93179-4-8（平裝）

訂購服務 ——————————————
親子天下 Shopping｜shopping.parenting.com.tw
海外・大量訂購｜parenting@cw.com.tw
書香花園｜台北市建國北路二段 6 巷 11 號　電話｜（02）2506-1635
劃撥帳號｜50331356 親子天下股份有限公司

立即購買 >

WHERE'S WALLY?

威利在哪裡？

奇幻
大冒險

馬丁·韓福特 著
Martin Handford

黃筱茵 譯

狼吞虎嚥的大食客

從前從前的某一天，威利為了揭開自己的身世之謎，展開了一場奇妙的旅程。剛啟程，他就在一群大食客中遇見了白鬍子巫師，白鬍子巫師吩咐他去尋找十二個神祕卷軸，在旅程中的每一站都能找到一個，當他找齊十二個卷軸時，就會了解關於自己的一切了。

在每幅場景中，找出威利、小狗汪汪（不過，你只看得見牠的尾巴而已）、溫達、白鬍子巫師和奧德。還有神祕卷軸、威利的鑰匙、汪汪的骨頭（在這個場景中，是最靠近牠尾巴的那根骨頭）、溫達的照相機，和奧德的望遠鏡。

另外，書裡還有二十五個穿著打扮和威利很像的威利迷，每個人在接下來的十二幅場景裡只會出現一次。還有一件事：有一個神祕的伙伴，在每一幅場景裡都有出現一次（除了最後一幅場景以外）。你有辦法找到他（她）嗎？

水火不容的法師

威利和白鬍子巫師來到這個國度時，
隱形的火法師和水法師正在激烈交戰。
當威利努力尋找第二個卷軸時，
他發現很多個威利也來過這裡。
和威利一起找出卷軸，你們就可以前往下一站了。

恐龍飛行者

威利和白鬍子巫師來到恐龍飛行者居住的島嶼。很多威利都來過這裡了唷。威利看見各種顏色的恐龍在空中飛翔，騎乘恐龍的飛行者都戴著恐龍尾巴造型的兜帽。在這個充滿尾巴的國度裡，也能看到很多形狀像箭的東西，或是聰明的恐龍看守者。和威利一起找出第三個卷軸，就可以繼續前往下一站。

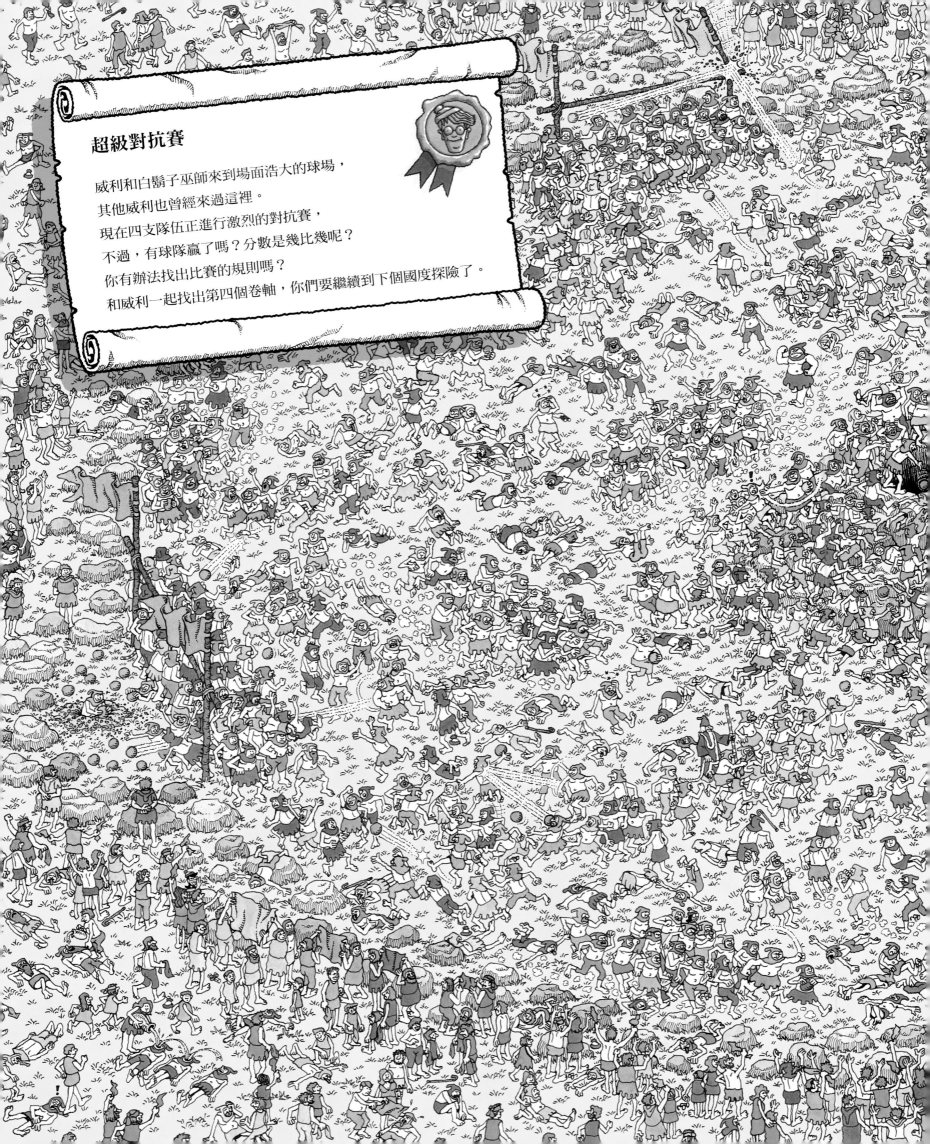

超級對抗賽

威利和白鬍子巫師來到場面浩大的球場，

其他威利也曾經來過這裡。

現在四支隊伍正進行激烈的對抗賽，

不過，有球隊贏了嗎？分數是幾比幾呢？

你有辦法找出比賽的規則嗎？

和威利一起找出第四個卷軸，你們要繼續到下個國度探險了。

凶猛的紅色小矮人

威利和白鬍子巫師來到紅色小矮人的地盤，
有很多威利也曾到過這個地方。
小矮人們正在攻擊衣服五顏六色的長矛士兵，
場面一片混亂，真是場可怕的大災難。
幫威利一起找出第五個卷軸，繼續踏上旅程吧。

討人厭的壞東西

威利和白鬍子巫師來到了一座古堡，
裡面都是討人厭的壞東西。以前也有許多威利
來過這裡。在古堡裡，不論威利走到哪裡，
總會聽見嚇人的骨頭喀喀作響，還有唏哩呼嚕喝著恐怖濃湯的聲音
（在這個場景中，汪汪的骨頭是距離牠的尾巴最近的那一根）。

　　趕快幫威利找到第六個卷軸，前往下一個國度吧。

戰鬥的樹精

威利和白鬍子巫師來到樹精的地盤，
其他威利也曾經拜訪過樹精們。
現在女樹精們正在打仗，對抗邪惡的黑騎士。
森林裡的各種動物、泥巴巨人，
甚至連大樹，都在幫她們作戰。
和威利一起找出第七個卷軸，繼續踏上旅程吧。

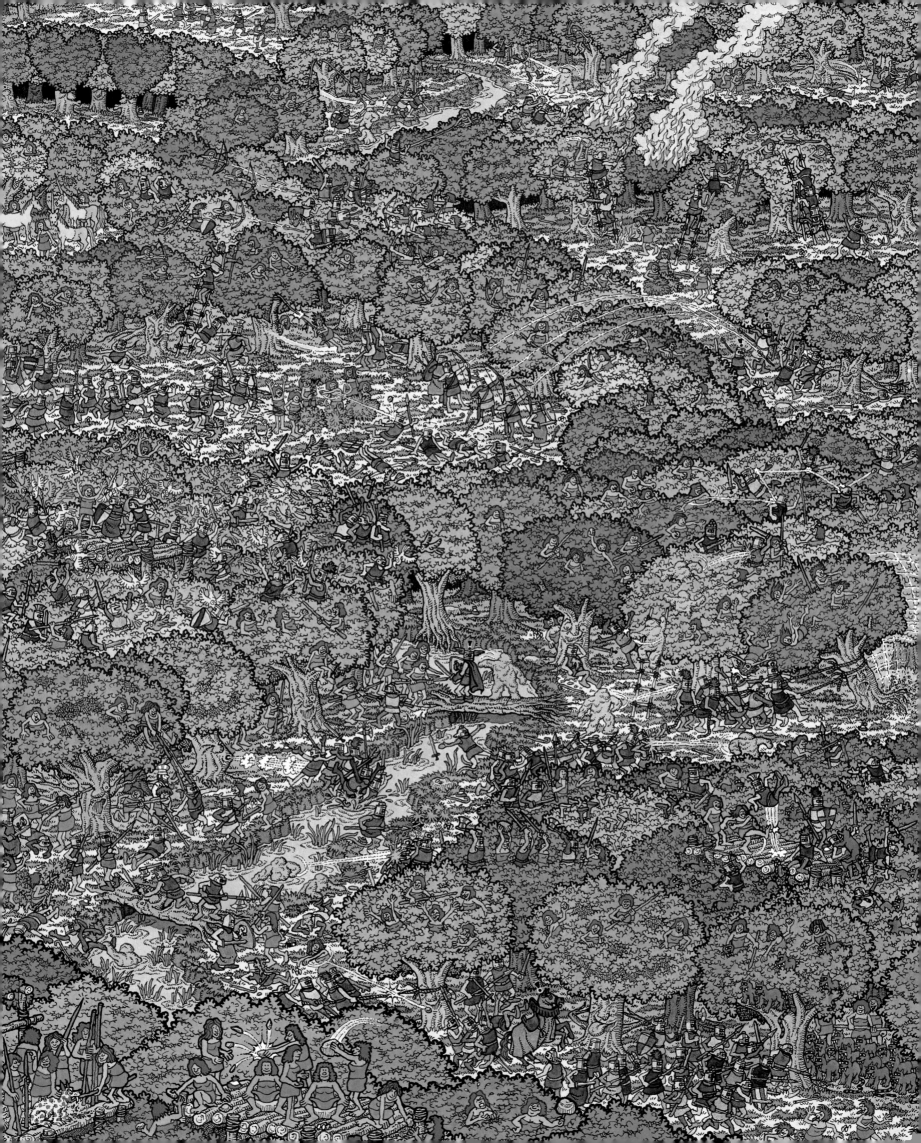

奇妙的海底世界

威利和白鬍子巫師來到深海潛水夫的海底世界，
好多威利剛剛才搭船經過。
在深海怪獸、美人魚、漁夫和魚群當中，
威利努力尋找第八個卷軸。
等你們找出卷軸，就可以繼續踏上旅程了。

魔旗武士軍團

威利和白鬍子巫師來到魔旗陣營中，
這是威利見過最擁擠的地方了。
有兩支魔旗軍團正在這裡爭執不下，
因為他們的魔旗全纏在一起了。
許多威利也曾經歷過這個可怕的場面喔。
如果你能幫忙找到第九個卷軸，威利就可以繼續前往下一個國度了。

愛搗蛋的巨人

威利和白鬍子巫師來到了巨人王國，
很多威利也曾經來到這裡，和小人兒一起生活過。
但是巨人真不友善，你看，他們正在騷擾小人兒呢。
幫忙威利找出第十個卷軸，繼續前往下一站探險吧。

地底獵人

威利和白鬍子巫師來到地底獵人的國度，
許多威利以前也走過這些地底隧道喔。
這個地方危機四伏，充滿各式各樣的凶惡怪獸。
在這裡找到第十一個卷軸後，你和威利就要繼續上路了。

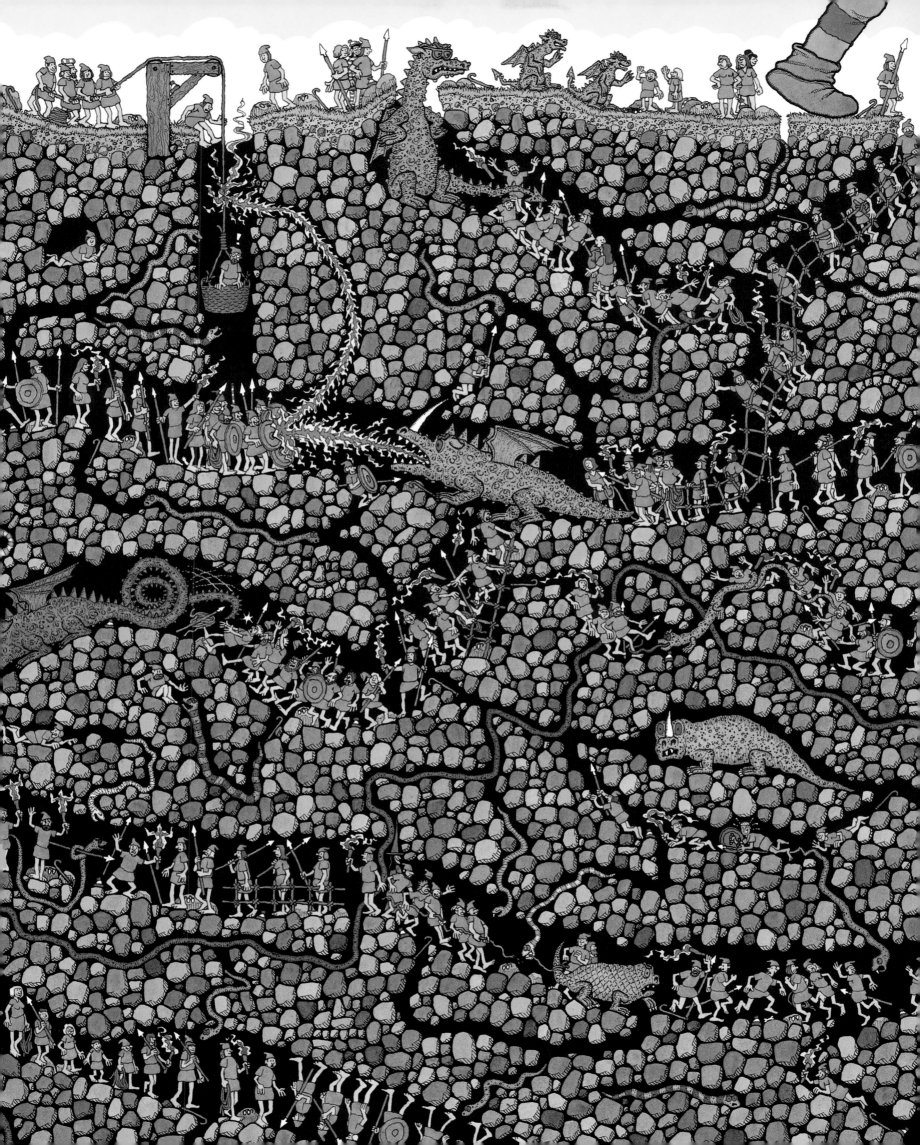

威利王國

威利終於找到第十二個卷軸，解開了身世之謎。

原來，他只不過是上百個威利當中的一個。

所有的威利都很常掉東西，威利自己就掉了一隻鞋。

當他尋找鞋子時，他才知道白鬍子巫師並不是唯一

跟著他旅行的夥伴。他在這裡還發現了另外十一個夥伴——

原來每經過一個地方，他就多一個夥伴呢！

各位忠心耿耿的威利迷們，請找出真正的威利，

同時幫他找出遺失的鞋子吧！願所有的威利，從今以後，

都在威利王國裡過著幸福快樂的日子！

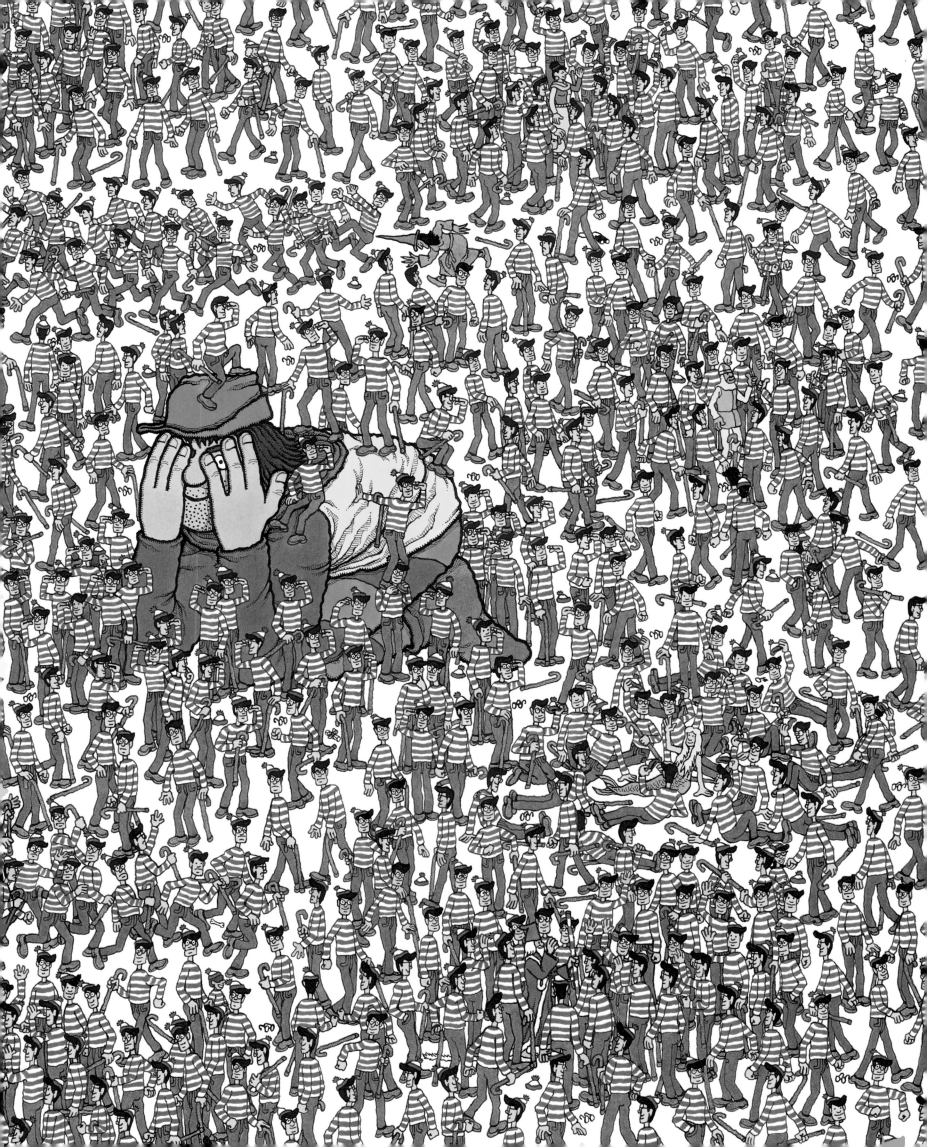

「威利在哪裡？奇幻大冒險」尋找任務

還有上百個東西，等你找出來喔！

狼吞虎嚥的大食客

- [ ] 1 個強壯的服務生和 1 個瘦弱的服務生
- [ ] 好幾陣飄得很遠的香味
- [ ] 切得大小不一的派
- [ ] 有太多酒可以喝的人
- [ ] 走錯方向的人們
- [ ] 非常堅硬的食物
- [ ] 上下顛倒的食物
- [ ] 超辣的晚餐
- [ ] 用吸管喝酒的一群武士
- [ ] 聰明的酒保
- [ ] 巨無霸香腸
- [ ] 扔蛋糕混戰
- [ ] 擠了太多人的椅子
- [ ] 鬍子湯
- [ ] 偷拿雞腿的人
- [ ] 掉落東西害別人摔跤的人
- [ ] 1 個熊臉盾牌
- [ ] 被義大利麵網住的人
- [ ] 被一刀剁碎的食物
- [ ] 吃得太飽了的人
- [ ] 很高的人在吃一道很高的菜
- [ ] 爆開來的派
- [ ] 巨無霸香腸斷成兩半
- [ ] 穿過 2 個人身體的一陣香味

恐龍飛行者

- [ ] 2 隻快要相撞的恐龍
- [ ] 2 個勉強抓住恐龍的人
- [ ] 4 個想要搭恐龍便車的人
- [ ] 騎乘恐龍的警察追逐騎乘恐龍的強盜
- [ ] 空中強盜
- [ ] 販賣小恐龍的商人
- [ ] 1 隻有腦震盪的恐龍
- [ ] 恐龍美容中心
- [ ] 恐龍尾巴做成的樓梯
- [ ] 戀愛中的恐龍
- [ ] 鬍鬚像恐龍尾巴的飛行者
- [ ] 5 個身體特別長的紅色恐龍巴士
- [ ] 尾巴戰爭
- [ ] 1 個口袋空空的乘客
- [ ] 在 3 個恐龍巴士招呼站等待的隊伍
- [ ] 1 個兩腳都穿紅鞋的人
- [ ] 1 個向後飛行的恐龍
- [ ] 1 隻在室內的恐龍
- [ ] 2 個突然失去恐龍的乘客
- [ ] 斑馬線
- [ ] 顛倒的尖塔
- [ ] 倒著飛的人
- [ ] 飛塔

水火不容的法師

- [ ] 2 輛消防車
- [ ] 燙到腳的法師們
- [ ] 用法師搭成的橋
- [ ] 扮鬼臉的法師
- [ ] 跳水的法師
- [ ] 受到驚嚇的雕像
- [ ] 火柱和水柱的對抗
- [ ] 彎彎曲曲的水柱
- [ ] 迴旋塔上的迴旋戰鬥
- [ ] 沾沾自喜的雕像
- [ ] 彎彎曲曲的火焰
- [ ] 擊中 5 個人的一道水柱
- [ ] 著火的橋
- [ ] 屁股被燒到的 7 個人
- [ ] 一群在膜拜冒出水的水桶的法師
- [ ] 以盾牌抵擋岩漿的法師們
- [ ] 13 個被包圍、驚慌失措的法師
- [ ] 看著火焰迎面而來的法師
- [ ] 膜拜猛烈噴發的火山的法師
- [ ] 被 2 個對手追到無路可逃的法師
- [ ] 著火的水管
- [ ] 從火山冒出來的岩漿和法師們
- [ ] 遞水桶的隊伍
- [ ] 2 個水法師不小心打到自己的同伴

超級對抗賽

- [ ] 一口水同時給 3 個人喝
- [ ] 一排用手拿著旗子的人
- [ ] 追成一個圈圈的一群人
- [ ] 被對手的 3 個球迷包圍的人
- [ ] 看不見要往哪裡跑的球員
- [ ] 2 個高大的球員對上 1 個矮球員
- [ ] 7 個糟糕的歌手
- [ ] 球排成的臉
- [ ] 為了贏球而挖地道
- [ ] 臉快撞到拳頭的人
- [ ] 一記踢斷旗桿的射門
- [ ] 一群人倒追 1 個帶球的球員
- [ ] 1 個帶球的球員在追一群人
- [ ] 互相拉扯頭巾的一群球員
- [ ] 破洞的旗子
- [ ] 一群帶球跑的球員
- [ ] 用頭頂球的球員
- [ ] 被石頭絆倒的球員
- [ ] 用手擊球的球員
- [ ] 不小心打到 2 個人的觀眾
- [ ] 向人扮鬼臉的球員
- [ ] 被扯鬍子扯到嘴巴合不攏的球員
- [ ] 被球擊中屁股的人

凶猛的紅色小矮人

- [ ] 打斷長矛的彈弓
- [ ] 兩拳就打倒一大群人
- [ ] 一胖一瘦的長矛兵
- [ ] 被一拳打得穿過旗子的長矛兵
- [ ] 用盾牌做成的衣領
- [ ] 長矛圍成的監獄
- [ ] 打結的長矛
- [ ] 偷拔長矛矛頭的小矮人
- [ ] 偽裝成長矛兵的小矮人
- [ ] 令對手舉手投降的武器
- [ ] 被自己的戰袍困住的長矛兵
- [ ] 偷偷折彎長矛的小矮人
- [ ] 快被斧頭打到的人
- [ ] 排錯隊伍的小矮人
- [ ] 頑皮的飛靶射擊
- [ ] 包圍對手也被對手包圍的一大群人
- [ ] 急忙躲開長矛的長矛兵
- [ ] 彈弓射倒一群人
- [ ] 砍穿盾牌的劍
- [ ] 長矛射中長矛兵的盾牌
- [ ] 長矛上的小矮人
- [ ] 從衣服中逃走的長矛兵
- [ ] 小矮人的頭盔被長矛打掉

討人厭的壞東西

- [ ] 被鬼嚇到的吸血鬼
- [ ] 1 個在跳舞的木乃伊
- [ ] 用吸管喝飲料的吸血鬼
- [ ] 談戀愛的滴水嘴獸
- [ ] 倒吊酷刑
- [ ] 蝙蝠球棒
- [ ] 3 個狼人
- [ ] 快被拆開來的木乃伊
- [ ] 吸血鬼試鏡
- [ ] 被嚇到的骷髏
- [ ] 小狗、貓咪和老鼠的洞
- [ ] 貓咪情侶
- [ ] 鬼怪保齡球
- [ ] 1 個被蠟燭滴到眼睛的滴水嘴獸
- [ ] 上下顛倒的滴水嘴獸
- [ ] 管制空中交通的吸血鬼
- [ ] 3 個向後飛的巫婆
- [ ] 掃把飛走的巫婆
- [ ] 騎著巫婆飛的掃把
- [ ] 搔癢酷刑
- [ ] 問吸血鬼要豬排還是斧頭
- [ ] 幽靈火車
- [ ] 棺材太小的吸血鬼
- [ ] 3 隻眼睛的蒙面人

戰鬥的樹精

- 3 條長腿
- 有 3 條腿的騎士
- 被樹砍倒的騎士
- 2 顆石頭打到好多人
- 偷懶的樹精
- 會吹氣的樹
- 頭很硬的樹精
- 攻擊別人卻快要挨打的騎士
- 強壯的樹精和弱小的樹精
- 很容易受到驚嚇的馬
- 8 雙朝天的腳
- 2 批互射對方的騎士
- 倒著爬梯子的人們
- 愛情樹
- 臉長得上下顛倒的樹幹
- 雙頭獨角獸
- 躲在樹上的獨角獸
- 一些樹葉形成的臉
- 用泥巴當武器的泥人
- 流眼淚的小樹
- 削得很尖的長矛
- 枝幹被猛扯的樹
- 被吃掉的高蹺

奇妙的海底世界

- 雙頭魚
- 和劍魚比劍的劍客
- 魚排成的手指
- 海底床
- 魚排成的臉
- 貓魚和狗魚
- 果凍水母
- 雙尾魚
- 溜冰鞋
- 海「獅」
- 小魚組成的兩條大魚
- 會咬人的寶藏
- 蚌床
- 罐頭魚
- 飛翔的魚
- 電鰻
- 用撲克牌做成的甲板
- 信中瓶
- 偽裝的魚鰭
- 與眾不同的美人魚
- 海馬拉的馬車
- 船上的圓規
- 1 條在釣魚的魚
- 海底沙灘
- 在生氣的海怪身上畫圖的潛水夫

魔旗武士軍團

- 「不忠的」國王和皇后
- 畫滿拳頭的旗子
- 井字遊戲
- 比劍的馴鹿
- 關在牢裡的人
- 獅子群裡的老鼠
- 旗子裡的旗子
- 打結的舌頭
- 斑馬線
- 1 面布滿斧頭圖案的旗子
- 吹熄蠟燭的惡作劇
- 攻城槌上的鑰匙
- 爬梯子的蛇
- 噴火龍
- 愈來愈小的甜點
- 偷皇冠的人
- 口渴的獅子
- 不公平的比武
- 用羽毛搔腳丫子癢
- 扮鬼臉的武士
- 被鍊子鎖住的馴鹿
- 超級想吃骨頭的狗
- 有 3 隻眼睛的頭盔

威利王國

- 招手的威利們
- 走路的威利們
- 跑步的威利們
- 坐著的威利們
- 躺著的威利們
- 溜滑梯的威利們
- 站著不動的威利們
- 微笑的威利們
- 找東西的威利們
- 被追著跑的威利們
- 豎起大拇指的威利們
- 被嚇壞的威利們
- 戴毛線帽的威利們
- 沒戴毛線帽的威利們
- 舉起毛線帽的威利們
- 拿拐杖的威利們
- 沒拿拐杖的威利們
- 戴眼鏡的威利們
- 沒戴眼鏡的威利們
- 帽子上的威利
- 抓著翅膀的威利
- 真正的威利

地底獵人

- 快要踩到蛇的獵人
- 4 道和主人同樣受到驚嚇的火焰
- 偷帽子的蛇
- 地底交通警察
- 3 道和主人一樣投降的火焰
- 雙頭蛇
- 被蛇搔到腳底的人
- 超級長的蛇
- 3 隻戴太陽眼鏡的噴火龍
- 頭尾同時發動攻擊的噴火龍
- 生氣的蛇爸爸和蛇媽媽
- 5 根斷掉的長矛
- 怪獸搭成的橋
- 石塊拼成的 5 張臉
- 頭下腳上的獵人們
- 被困在石塊裡的蛇
- 很長很長的梯子
- 火把讓長矛燒起來了
- 被舌頭絆倒的獵人們
- 超級長的長矛
- 快要相撞的獵人們
- 繞成圈圈的獵人們
- 拉住蛇尾巴的人被嚇到

愛搗蛋的巨人

- 設陷阱的人也踏入別人的陷阱
- 用巨無霸彈弓打人
- 巨人頭上的鳥窩
- 沒有水可以游泳的鴨子
- 嘲笑別人卻快被打到頭的巨人
- 2 棵被當掃把的樹
- 2 個被打暈的巨人
- 2 座風車打到人
- 快被打到頭的有禮貌的巨人
- 用屋頂當作帽子的巨人
- 3 個人躲在大帽子裡
- 1 個要攻城的巨人拳頭
- 把房子舉起來搖晃的巨人
- 圖釘陷阱
- 山崩
- 被綁在巨人腰帶上的 6 個人
- 2 組把石頭放進彈弓的 3 個人
- 被當作棋子的小人兒
- 拉繩子反被繩子拖走的人
- 被巨人打擾的鳥
- 被巨人打到邊看棋賽邊揮手打人的巨人
- 2 個邊看棋賽邊揮手打人的巨人
- 4 個害羞的女人被灌迷湯
- 把池塘的水變成強力水柱

奇幻的旅程

你找到威利、他的朋友們，
還有他們弄丟的所有東西了嗎？你找到每一幅場景中
（除了威利王國之外）都出現的神祕角色了嗎？你最後就會找到
這可能很困難，不過只要繼續找，
「他」的（看吧，線索來了！）

最後還有一件事：有個威利迷把帽子上的小絨球弄掉了。
你可以找出是哪個人，並且幫他找到小絨球嗎？